청어詩人選 218

감사가 있어 감사합니다

하영순 시집

청어

감사가 있어 감사합니다

하영순 시집

발 행 처 · 도서출판 청어
발 행 인 · 이영철
영   업 · 이동호
홍   보 · 천성래
기   획 · 남기환
편   집 · 방세화
디 자 인 · 이수빈 | 김영은
제작이사 · 공병한
인   쇄 · 두리터

등   록 · 1999년 5월 3일
(제1999-000063호)

1판 1쇄 발행 · 2019년 12월 20일

주소 · 서울특별시 서초구 남부순환로 364길 8-15 동일빌딩 2층
대표전화 · 02-586-0477
팩시밀리 · 0303-0942-0478

홈페이지 · www.chungeobook.com
E-mail · ppi20@hanmail.net
ISBN · 979-11-5860-721-0(03810)

이 도서의 국립중앙도서관 출판시도서목록(CIP)은 서지정보유통지원시스템 홈페이지
(http://seoji.nl.go.kr)와 국가자료공동목록시스템(http://www.nl.go.kr/kolisnet)
에서 이용하실 수 있습니다.(CIP제어번호: CIP201949017)

시인의 말

다람쥐 챗바퀴 돌 듯 늘 제자리만 도는 내 삶
그 와중에 매일 일기처럼 시를 써서
인터넷이란 넓은 바다에 흘려보낸 모래알처럼 많은
글들 인생 팔십 고지에 도달하면서 조심스럽게
대충 몇 편 정리해서 여기 실어 봅니다.
부족한 점이 많으나 사랑으로 격려해 주시면
고맙고 큰 힘이 되겠습니다.

2019년 겨울
하영순

차례

1부 _ 새벽 별 벗이 되어

2부 _ 숨은 내 반쪽

3부 _ 허기진 골목

4부 _ 천의무봉

1부

새벽 별 벗이 되어

나를 대접한다

식사 후 커피 한잔 대접받고
행복해하는 나를 본다
삼시 세끼 나를 대접한다는 생각으로
식사 준비를 하며 나는 말한다
누구도 없다 나는 나일뿐

자식에게 대접 받든 시대는 이미 예전
우리 세대는 샌드위치 세대
위로 아래로
생각을 바꾸니 삶이 달라진다

나를 위한 나만의 생활
누구에게도 바라지 말자
오직 백 년 친구와 둘뿐이다
그 또한 내가 있고 그가 있다
난 나에게
큰 대접 받고 행복해하는 나를 본다

꺼지지 않는 불꽃

가슴에
불씨 하나 심어 놓고
날마다
불매질 하면서 살아왔다

행여
그 불씨 꺼질까 노심초사하면서
집안 구석구석
그 불꽃 어둠을 밝혀주길
간절한 마음 담아
기도하면서

죄와 벌 사이

고향 집 수박 밭에
원두막이 있었지
농사일이 바쁜 철 원두막엔 사람이 없다
배고픈 시절
참외 하나로 배라도 채우고 싶었을 것이다
주인이 없으면 참외 서리를
운수불길 하면 잡혀서 곤욕을 당하지만
들킨 사람보다 안 들킨 사람이 더 많다는 사실
그것이 비록 옛날이야기가 아니다
쌀 먹은 개는 안 들키고
겨 먹은 개만 들킨다는 속담도 있듯
요즘도 그렇지
더 많이 먹고도 꿀 먹은 벙어리처럼 입 싹 닦고
눈만 껌벅껌벅 얼굴 두꺼운 사람 없다고
누가 감히 말할까
국민 주머니 터는 현대판 서리꾼
미꾸라지처럼 용케 잘 빠져나가지만
꼬리가 길면 언젠 가는
暗室欺心이라도 神目은 如電이라 했으니!
사람의 눈이 얼마나 많은데

새벽이 좋다

하루가 시작되는 새벽
잠에서 깨어나니 몸도 마음도
새롭다

오늘이란 벅찬 이 선물
어떤 고운 빛으로 덧칠할까
창가에 들리는 새소리도 정겹고
새벽 별이 더욱 빛난다

밤새 타다 남은 반쪽 달도 예쁘고
새벽길
종종걸음이 가볍다
임이시여 오늘도
온 누리에 좋은 일만 있게 하소서

하늘이 내려준 선물

엄동설한 눈 속에 알몸으로 뒹굴어야
정신이 번쩍 들어 눈을 뜬다고 했다
아프지 않고
쓰리지 않고
뭘 쓰겠냐고 했다
눈물로 먹을 갈아 진하게
더 진하게 갈아
빨갛게 되었을 때
그 물로 시를 써야 봄바람에 햇순 같은 시가
나온다 했다
다른 장르를 쓰는 이는 작가라 부르는데
비록
시인만 인자를 붙이는 것은
신의 경지에 도달해야 시인이라 했다
그래서
한 구절 한 구절
하늘이 내려준 선물이 시어라 했다

세 살 버릇도

부귀도 영화도 명예도
다 싫은 사람이 있다
누구나 다 걷는 걸음

별것 아니나 그것이 부러운 사람
병상에 누워있으면
단 한 번이라도 걸어 보고 싶은 욕망

그것이 사람이다
세 살 버릇 여든 간다는 말도
여든 넘으면 그 버릇도 잊어버리는 사람

세 살 버릇
여든 간다는
속담을 생각하면서

자화상

양식 되지 않고 자연산으로 자란
하찮은 잡초인 줄 알았다
깊은 산골에서 계절풍을 맞았으니
온실에 자란 화초와
그 미색이야 어찌 비하랴
눈 비 맞아 꺾긴 자리
다소 흠집도 있으리라
아무도 보지 않는 외진 곳에서
향기를 속으로만 채우다
세상에 나왔으니
그 진가를 알아주는 이 있어
해를 보낸 만큼 향이 짙은 산삼
누가 흠집 보고 흠이라 해도
최고의 가치는 그 속에 있다

하얀 찔레꽃

찔레꽃 피면 그리운 사람
올해도 찔레꽃이 피었습니다

당신 떠나시던
산길 모퉁이
피어있던 하얀 찔레꽃

찔레 순 꺾어 주시던 따뜻한 사랑
그 사랑 그리워
오랜 세월 그리움으로 보냈습니다

찔레꽃 필 때면
찔레꽃 향기에 젖어
그리워 그리워서
하얀 꽃잎에 그 사랑 새겨봅니다

새벽 별 벗이 되어

설레는 마음 외출 준비를 한다
새벽 4시에 일어나
간단한 운동으로 몸 풀고
4시 반이면
현관문을 열고 집을 나선다

샛별이 인도하는 길
이보다 화려한 외출이 어디 있으랴
임 만나려 가는 길
길 밝혀 주는
달님도 별님도
빙그레 웃으며 따라나선다

사랑 나눔의 발길

뜻밖의 전화를 받았다
그녀가
내 시를 읽었다는 일이 믿어지지 않는다
시각장애인
시 공부하고 싶어 전화를 걸었다 한다
뿌리칠 수 없는 간곡한 부탁
많고 많은 시인 중 하필 나일까
몇 번의 전화를 받고 설레는 마음으로
용기를 내어 또 다른 세계를 찾아보려 마음먹었다
시가 별것인가 응어리진 아픔을 풀어
아름다움으로 승화 시키는 것
난 그들에게
순수하고 아름다운 마음의 눈을 보았다
보이지 않아도 세상을 알고
보이지 않아도 마음을 읽는
그녀의 가슴에 한 편의 시로 마음 문 열어 주고 싶어
내딛는 사랑 나눔의 발길

내가 죽어

사랑할 수 없는 사랑
사랑하고
용서할 수 없는 용서를
용서하려면
나를 죽이는 용기가 있어야
내가 죽어
증오가 사랑으로 변한다면
난 나를 죽이는
그 용기로
사랑할 수 없는 사랑
사랑하고
용서할 수 없는 용서를
용서하리라

병원놀이

간병생활 20여 년
침상에 누워 지내는 지 2년여
난 그래도 행복하다
행복은 누가 주는 것이 아니라 만들어 가는 것
난 요즘 집에 작은 병실을 차려 놓고
병원놀이를 한다
혈압 기를 들고 혈압 체크
당 체크 체온 체크
한정된 범위 안에서 주사를 놓기도
상태에 따라 침술을 병행한다
레이저 치료기로 치료도
삼 시 세 끼 식사 후 양치는 물론이고
이발사 면도사
밥알 한 톨의 무게를 감지하는 영양사
하는 일이 몇 가지나 되는지
때로는 재활치료도 시킨다
내 연봉이 얼마나 될까
내 연봉은 고스란히 하늘 은행에 저축된다
그래서 난 행복하다
보살피는 환자를 위해 매일 새벽 기도를
세상에 태어나서 필요한 사람이 된다는 것
이보다 행복한 사람이 어디 있을까

어버이날 장미

오월 계절의 여왕답게
주차장 가장자리에 심어 놓은
줄장미가 예쁘게 피었다

집에만 계시는 백 년 친구를 위해 꺾어다
수반에 꽂아두었더니
집안 분위기가 한결 부드럽다

지난 주일에 다녀간 아이들이
꽃바구니 대신
송금을 했다

카네이션이면 어떻고
장미면 어떠랴
행복하면 그만이지

사람들은 내 이 행동을 보고
할머닌 아직 소녀 같다고 한다
저 꽃 속에 내 깊은 뜻이 피어 있는데

마음의 선물

선물하면
마음이 담긴 선물이 가장 값진 선물이다
나 오늘 가장 귀한 선물을 받았다
귀한 물건 앞에 생각나는 사람
오래 알고 지내던 지인이
팔공산 자락에 전원생활하면서
텃밭에 고추를 심어 보내왔다
쪄서 먹을 고추
양념 고추 정성스럽게 다듬어서 보낸
마음이 담겨 있는 선물
한때는 이웃에 살면서
같이 아침 산책 하던 벗 님
하루에 한 가지라도 좋은 일 하자면서
길에 떨어진 휴지를 줍던 모습이
기억에 생생하다
국회의원 두 번을 지내신 의원 님
국회의원이란 소리가 부끄럽다고 하신 의원 님 아내
소신 있고 생각이 투철한 평소 존경하던 분
그런 분이 지인이란 사실이 마음이 훈훈하다

정상에서 내려다 본 길

저 길은
씨 줄 날 줄 엮으며
내가 걸어온 길이다

큰 부자로 살지 않아도
그저 평범하게 그렇게 살아왔다
보통이 평범함이 얼마나 소중한 것인지
정상에 앉아 보면 알 수 있다

법원 멀리하고
경찰서에 가지 않고
사람 도리를 알고 행할 것 행하면서
그렇게
걸어온 저 길이 내 길이란 걸
나 이제는 알 것 같다

칼슘 왕

식탁 한가운데 자리 잡은
작은 마리 고기
나는 반찬을 권하면서 말한다

이 작은 놈이 자존심이 있어서
문어가 사돈하자면
노발대발 한대요
뼈대도 없는 놈이 난 작아도 왕족인데
그러면서 반찬을 권한다

문어가 돌아서면서 한 말
제 놈은 제사상에도 못 올라가는 놈이
큰소리는
난 제사상에 올라앉는데
조용한 식사 시간 오가는 대화

마음의 대장간

마음은 저 높은 곳을 향하고
몸은 낮은 곳으로

삶은 비록 최하일지라도
얼은 최상이고 싶어 담금질한다

무쇠를 녹여 두들겨
반짝이는 훈장을 다듬어
가슴 한가운데 달아 두고 싶다

촌음을 아껴
대장간에 불을 붙인다
나 오늘도

거울 앞에선 마음으로

채우고 비우고
인체란 작은 우주
채우는 일 보다 비우는 일이 더 큰일이다
위는 채우고
장은 비우고
나이를 먹는다는 것
누구도 피할 수 없는 인류 대 역사
내가 하는 일
거동이 불편하신 분을 모시고 살면서
채우는 일 비우는 일이다
사람들은 병원에 모시면 안 되느냐 한다
그러나 그게 아니다
좋은 일 궂은 일 같이 하며 먼 길 걸어온 동반자
다소 힘들어도 숨소리 듣고 잠 든다는 것
이것이 행복이다
내 작은 우주가 끝나는 날까지
최선을 다할 것을 다짐하면서
저 해를 끌어안는다

감사가 있어 행복합니다

난 아직 독거노인은 아니다
병상에 누워있는
백년 친구와 살고 있어
독거노인이라 말할 수 없다

내 기도는 큰 욕심 부리지 않겠습니다
이대로가 감사입니다
큰 볼일을 받아 내면서도
감사합니다

감사가 있어 오늘이 행복합니다
행복해서 오는 감사보다
감사해서 오는 행복이
진정한 행복임을 잘 알고 있습니다

괜찮다

이 말은 내가 즐겨 쓰는 말이다
아이들에게 전화가 왔다
음성만 듣고도 엄마 아프냐고 묻는다
몸살 끼가 조금 있을 뿐
괜찮다 괜찮아
자식들은 무조건 병원 가란다
병원엔 기다리는 시간이 아까워
좀처럼 안 간다
하긴 멀리 있으니
할 수 있는 말이라고 그 말뿐이지
서러워도 말자
아프지도 말자
사람 사는 세상 누구라 다를까
새삼스레 봉사 활동할 때 독거노인이 생각난다
괜찮다
불편하신 분이 문제지 난 괜찮아

삶이란 오미자 맛 같은 것

달짝지근 한가하면
씁쓰름하고
땡감 맛인가 하면
짠맛도 있듯
삶이 어찌 하루 같을 수 있으랴
흐린 날이 있으면
갠 날도 있고
슬픔이 있으면 즐거운 날도 있으리라
오늘의 슬픔이
내일의 즐거움이 되려니
나 아파도 울지 않을 것이다
서러웠던 일
괴로웠던 일
차곡차곡 접어 두었다가
꽃 피면
꽃잎 보고 추억이라 밀하리라

가을 하늘

쪽 빛 하늘에
실구름이 쓰고 간
시 한 수
기러기 날아가다
읽고
여인이 써 놓은 눈물 젖은 시
바람이 지나가다
가슴에 불어 넣는다
하늘은 푸르건만
산들바람이 시린
초로의 여인

일곱 번째 사람

어릴 때 내가 살던 집 앞에
서당이 있어
밤이면 온 동네 청년들이 와서
한문 공부를 했다
어린 난 가끔 선생님께 찾아가서
좋은 말씀을 듣곤 했다
내 나이 일곱 살 때 들은 일곱 인자
평생을 살면서 잊어 본 일이 없다
人 人 人 人 人 人 人
사람이
사람을
사람이라 하니
사람이면
사람인가
사람이라야
사람이지

드라이브

일 년 24 절기 중 서리가 내린다는
오늘이 상강
코스모스 무희 앞에 술 취한 국토
술은 사람이 마시고
취하긴 산천이 취했다

팔공산 드라이브를 하다 그냥 갈 수 없어
길 가장자리에 차를 세워 놓고
낙엽을 밟으며 가을의 운치에
나도 한 것 취해본다

하늘거리는
무희 허리를 휘어잡고 싶은 미음
누구라 없을까
가을 산 참 좋다 미치도록 좋다

꿈에 그린 고향 집

바람 불면 곧 쓰러질 것 같은 집에서 나고 자랐다
대나무로 둘러싸여 울도 담도 없는 집
솔개 날아들면 마당에 병아리가
어미 닭 품을 찾아 들고
마루 밑엔 누렁이가 졸고
해 질 무렵이면
하얀 저녁연기 지붕 위에서 춤추던 집
쪽마루에
빨간 고추가 가을 햇살에 몸을 내밀고
지붕 위엔
보름달 같은 하얀 박이 둥실둥실
감나무엔 빨간 감이 가을 노래하던 집
가난해도 오순도순
밤을 새워가며 이야기꽃을 피우던 초가삼간
철부지인 나는
호롱불 밑에서 몽당연필에 침을 묻혀가며 숙제를 했지
생각만으로도 행복한 옛 추억
초등학교 갓 입학한 아이는
또박또박 천 자 책을 읽어 내려가면
부모님은 신동 났다고 호들갑을 떨기도
그때가 좋았는데 참 좋았는데

바람 불면 쓰러질 것 같은
울도 담도 없는 집
지금은 추억일 뿐 꿈속에 잠든 집

만월

창문을 열면 금세
거실로
들어올 것 같은 달이
창가에 서성이며
빙그레
미소 머금고 날 바라본다
옷을 벗고
욕실에서 나오다 들켜 버렸다
깜짝이야

인생의 맛

감 꽃 같은 유년을 보내고
중년의 삶은
땡감 맛
입안에 가득 찬 떫은 맛
잘 지워지지 않지
그러나 그 떫은 땡감 맛
세월이 지워주지
땡감을 삭히고 삭히면 달달한 맛
어느 듯 노년기
노년의 맛이란 홍시 같은 맛
언제 터질지 모를
건드리면 톡 터질 것 같은
그것도 잠깐
홍시도 시간이 지나면
초 벌레가 생기고
시어 터진 초 맛이 된다

2부

숨은 내 반쪽

그리운 사람

한 편의 시를 읽고 있으면
그때 그 사람이 그립다
강의 시간에 노란 은행잎
손에 쥐여주던 다정한 친구
가끔 그가 생각난다

지금 어디서 뭘 하는지 만나
다정히 손잡고
낙엽송 즐비한 한적한 산길을
나란히 걷고 싶다

서로 가슴에 담아둔 이야기가 있다면
털어 보이며
좋았던 일 궂었던 일
말은 안 해도 눈빛으로
나는 그를 알고 그는 나를 알고

끈끈한 우정의 끈을
쪽 빛 하늘에 매어 두고 싶다
책 속에 가지런히 든
빛바랜 은행잎을 보면 생각나는 그 사람

옹달샘에 쌓인 한

누차 말했지만 산골 외딴 마을에서
내 잔뼈를 키웠다
상수 시설이 없던 시절
바가지로 퐁당퐁당
물을 퍼 담아 물동이로 머리에 여다 먹었다
지금이야 세상이 많이 변했지만
길쌈하고 농사하고
물들어다 밥 짓고
그래도 큰소리 한번 못 하고 살았으니
샘터에서 쌓인 한을 풀기도
한처럼 치솟는 샘물
퍼내고 퍼내도
여한은 웅덩이를 채우고 있었지
어미치럼 살지 말라고
손바닥에 굳은살을 만들며
오매불망 자식 공부 시키겠다고 고생하신
어머니가 건너온 강
꿈이 아닌 현실임을
호롱불 밑에서 살아온 증인이 말하는
이야기가 여기 있다

아 벌써

하루 24시간은 눈 깜짝
또 한 달은 언제 가버렸나
일 년 풀어 놓으니
참 헤프다

그뿐이면 무슨 말을 해
시월도 가고
너도 가고 나도 가고
세월 무상
인생무상
먼 먼 기억 속에 바람이 분다

바라건대

내 몸과 마음 낮은 곳으로
임하게 하소서
낮은 곳은 마음은 온화하고
몸은 안일하고
가정은 편안하고
우정은 돈독하고
근심과 걱정 없는 곳
오는 정에 따스함을 느끼고
가는 정에 포근함이 있게 하시고
욕심 부리지 않게 하소서
크신 임이시여
받아서 채워진 가슴보다
주어서 비워진 가슴 이게 하소서
내일 이 시간도
오늘 같기만 바라옵니다

선인장 가시

베란다 청소한 일밖에 없는 데
손바닥에 가시가 박혀
애를 먹인다
눈에 보이지 않은 놈이
나를 이겨 보겠다고 물고 늘어진다
선인장 가시보다 나약한 나
미처 알지 못한 나를 보며
혀를 찼다
어디 가서 누구에게 말하랴
올여름 더위에 백 년 초가 말라 늘어진 것
쓸어 담았을 뿐인데
인생 최고 고지에 앉아
이제야 선인장 가시를 제대로 알았다

새벽 별

도심의 하늘은 별을 불임한다
밤에 높은 곳에서 내려다보면
낙태 된 별이 모두 땅에 있다

그러나
새벽길을 걸으면
반짝이는 별을 드물게 본다

그 별은 내 길동무
어두운 골목길
발걸음 하나하나 헤아리며
반짝이는 눈빛으로 따라오면서
동무하잖다

고마워라 저 별은
새벽길 밝혀 주는
언제나 반가운 내 길 동무

중보기도

가는 것도 기도요 오는 것도 기도
한 발 한 걸음
기도로 시작되는 새벽
오가는 시간 속에 많은 것을 찾는다
그래서 늘 감사하며
감사로 삶의 현장에 입성한다
가벼운 마음으로 오늘을 시작하면
하루가 경쾌하고 즐겁다
인생 한평생 60 강건하면 80이라 했다
그 고지에 도달한 내 삶
손가락 사이사이 세수 물 새듯
이제는 더러더러 흘리고 살자
알들이 쓸어 담으려 하지 말자
많고 많은 기도 재목 중
나를 위한 기도는 담지 말자
남을 위해 기도하면
70% 이상 자기에게 돌아간다
그것도 바라지 말고
진심으로 남을 위해 기도하자

위기를 기회로

하나님은 인간에게
고통은
견딜 수 있을 만큼만 주신다고 하셨다

내게 닥친 고통
기회의 받침대를 삼고
오늘이 힘들고 고통스러우면
나를 단련시키는 것이라 생각하고

위기를 기회 삼고
더 단련된 몸으로
다시 일어나리라

숨은 내 반쪽

앞사람 등의 티를 헤아리지 말자
내 등에 어떤 티가 있는지
나도 모른다

나를 잘 안다고 자부하지 말자
반쪽의 나는
내가 볼 수 없는 곳이 숨어 있다

그래서
보이는 반쪽 보다
보이지 않는 반쪽이 늘 조심스럽다

나는 누구인가
가면 속에
감춰진 내가 궁금하다

좋은 말 듣기 좋은 말 그보다
바른 말 들어야 할 말에 귀를 열자
내 반쪽을 찾기 위해

기다림

기다리는 시간은 너무 길었다
오늘따라 시간이 늦장을 부린다
오후 5시가 한참 지났다
수험생 귀에 입술을 걸고 나오기를
간절히 바랬다
한참 후에 전화를 받았다
가벼운 음성이 아닌 시무룩한 음성
좀 어려웠어요 만점을 바라진 않았지만
너만 어려운 것 아니야
모두 다 어렵다
다른 말이 뭐가 필요해
수고했다
마음 편이 쉬어라 이 말 한마디
시험 친 사람보다 내가 더 떨린다
시험은 시험일 뿐
어디를 가든 길은 있게 마련이다
주사위는 던져졌으니
하늘의 뜻을 기다릴 수밖에

세월과 인생

그가 이처럼 아까워 본 일
언제 있었나
아까운 하루를 또 보내고 말았다
정말 보내기 싫었다

가속하는 너 뒷모습만
멍하니 바라보는 나
한 장 남은 달력이 외롭게 보이는 이유
그건 내 모습과 같은 그 한 장

머지않아 그 한 장도
떼어 버릴 내가 아닌가
일 년 중
하루하루가 이렇게 소중한 12월

누에 뽕잎 갉아먹듯
가슴에 구멍을 내고 있는
무능한 나
싫다 싫어 정말 싫다

내 마음

꽃이 좋아
꽃밭에 앉아 내 마음 꽃술에
담아두었다

벌 나비야
꽃술에 숨겨둔 내 마음
그마저 따가렴

꿀이 되어
임에게
단 맛을 전해주고

씨앗 되어
사랑하는 임의 품에
한 송이
꽃으로 피어 주렴

인생의 뒤안길에

나도
꿈을 먹고 살 때가 있었다
세월의 뒤안길에
오뚝하니 앉아
추억을 되새김질하고 있다

얼마나 달려왔을까
샛별 어둠을 걷어낼 무렵
길을 나선 나
무작정 걸었다

정신없이 해지는 줄 모르고
땅거미 내리는데
입이 쓰다
떫은맛 쓴맛만 먹고 살아서일까

새벽길

바람이 불어 어둠을 가르고
길을 열어 주는
이 새벽
모두가 바쁜 사람
부지런히 파지 줍는 사람
한 가지 특징이 있다면
할머니거나 할아버지라는 사실
난 생각해 보았다
저 수고가 없으면
골목이 얼마나 지저분할까
애국을 몸으로 실천하시는 분
난 기도를
크신 임이시여
저 어르신 건강의 축복을 주소서

꿈과 나이

꿈이 있는 한
나이는 숫자에 불과하다는 이 말은
누구나 하고 싶은 말이다
나는 내 나이를 잊어버릴 때가 있다
세모를 앞두고
한 살 더 먹는다는 생각은 잊어버리고
올해 다하지 못한 일
새해에는 더 많은 일을 해 보자는
설렘이 있다 한 해를 보내면서
다사다난 했다는 말이 내게도 있다
가슴 철렁 한 날도 있었지만
감사할 일이 많았다
큰아들이 서울 아파트를 팔고
지방으로 간다는 말에
가슴 아팠지만 더 좋은 곳에
아파트 분양권 당첨
작은 아들의 승진 대기업 차장
손녀가 경찰대학 합격
무엇보다 오늘이 있다는 것에 더욱 감사하며
나이를 잊고 살아간다
한 해를 갈무리하면서

산길을 걸으며

산이 참 좋다
사시사철 여름은 여름이라 좋고
겨울은 겨울대로 좋다
지저귀는 새소리
흐르는 물소리
싸한 솔바람
몸과 마음을 씻어 준다
어머님 품 같은 온화함
산에 가면
산에게 내 마음 전부를 풀어 놓는다
산이 내게 주는 말
그동안 지친 마음 있거든
내게 전부 풀어 놓고 가거라
무언의 사랑 앞에 머리 숙여
내 마음 모두 비우고 돌아온다
그래서 산이 참 좋다

얄미워

가던 길 돌아보니
오던 길 거기로다

가만있지 못하고
바둥대는 세월이 얄미워
다락방에 가둬 두고 문 잠그고 나왔는데

언제 따라왔는지
내 앞을 가로막고
어서 오라 손짓하네

얄미워
정말
그 세월이 얄미워

건강법

해서는 안 될 말
언제부턴가 이런 말이 있다
삼식이 두 식이
남편을 존중한다면
이런 말은 해선 안 되는 말
식사는 혼자 먹자고 하는 것은 아니다
나는 하루 오식을 준비한다
매 제시간
반배만 채우는 식사
양 간에 간식을
한 평생 동고동락 한 분
건강 챙기는 일이 내 일과다

호칭과 명칭

내 명칭은 하영순
그러나 호칭은 너무 많다
제일 많이 듣는 어머니
할머니 아주머니 더러는 시인님
서글퍼지는 호칭 원로
조용히 생각해 본다
원로는 왜 따라붙는지
늙음이야 아주 많이
요즘 사람
호칭과 명칭을 구분 못 하는 사회가 되어버렸다
남편을 아저씨라 부르기도
신랑을 오빠라고도
여보(如寶) 당신이란 말이 얼마나 좋아
요즘은 선생님을 쌤이라니
이 시점에서 한 번 생각해 볼일이다

피 묻은 손가락

A4용지를 인쇄기에 끼우다가
손가락이 베여 피를 보았다
피를 보고 웃었다
종이에 베이다니 종이보다 약한 나
물건에 베인 상처는 언젠 가는 아물 지만
종이보다 가벼운 말에 베인 상처는
좀처럼 아물지 않지
난
매사를 가볍게 생각하고 살지 않았나
피를 보고 생각해 본다
하얀 종이에
반성문부터 써야지
세상에 나보다 약한 자는 없다고

행복 찾는 일

사람이 자기 일에 최선을 다하면
행복은 따러 오는 것
더 큰 것 바라지 말자
주어진 현실에 만족하는 이것이 행복이다
나쁜 공기 중에 숨 쉬며
아무 탈 없이 살아 있다는 사실
이보다 큰 행복은 없다
자기 힘에 벅찬 일 하면서
끙끙 거리기보다
홀가분한 마음으로 분수를 지키는
삶이 자신을 지키는 일
가시방석에 앉아 왕관 쓰고 살면
행복한 사람이라 말할 수 있을까
소박한 곳에 행복을 찾아볼 일이다

독서

책 한 권 사보기가 어렵던 시절
난 헌책방 찾는 일이 많았다
노랗게 빛바랜 책
그중엔 좋은 책이 많았다
내가 책을 들고 다니면
누가 말했다 그걸 소화 시키느냐고
그렇다 소화시키기보다
그냥 즐겨 읽었다
그때 소화시키지 못한 문장들이
가끔 뇌리를 스친다
소화시키지 못하고 읽은 책
이슬 비 옷깃 적시듯
나에게 스며들고 있었음을
조금은 알 것 같다

기적

기적이 멀리 있는 것인 줄 알았다
내게 기적이 일어날 것 같았는데
기적은 오지 않았다

가만히 생각해 보니
신호를 무사히 건널 수 있었던 것이 기적이다
지인이 신호 건너다 자동차에 다쳐
몇 달을 병원에 있다

기적은 일상에 있다
밤새 안녕
그렇다 밤새 안녕
하룻밤에 만리장성을 쌓는다는 속담

아침에 자고 나서 눈을 뜰 수 있다는 것
이 일을 당연이라 받아들이면서
이 기적을
우리는 모르고 지날 뿐

나는 누구인가

한가한 오후 한나절
위 눈썹이 아래 눈썹을
살짝 터치하려는 순간
창문 밖에 빗살을 가르고 날아가는
이름 모를 새 한 마리
난 정신을 가다듬고
창밖을 내다본다
빗살을 가르고
날아간 그 새 어디로 갔을까
순간이다
그렇다 순간은 그렇게 날아가는구나
왜 난 그 소중한 순간을
그냥 보내야 했는지
순간은 순간에 지나가는 것
그 순간을 놓쳐버린 나는 누구인가

서리꽃 하얀

추수가 끝난 들녘에도
사과 밭 언덕배기에도
하얀 서리꽃이 피었다

밤새 대지가 품어낸 입김이 만들어 낸
서리꽃 하얀 들판
봄을 잉태하고 있다는 말

저 언덕배기
하얀 서리꽃 그 속에
봄을 기다리는 어린 손

꼼지락꼼지락
봄 태동소리 들리는 듯
서리꽃 하얀 들길을 걸으며

철따라 피는 꽃

꽃이란 꽃은 때를 알고 피었다
때를 알고 지고 만다
봄여름 가을 겨울
철마다 피는 꽃
봄에 피는 벚꽃
지면서 눈 꽃날이고

겨울에 핀 눈꽃은 지면서
잠든 대지 깨운다
만물의 영장이란 인 꽃
피었다 세상을 어지럽히고
지면서 원망을 남긴다

흔들리며 살아가는 생명

흔들리지 않고
피는 꽃이 어디 있으랴
꽃이란 꽃은
바람이 물질하면
바람의 날개 위에 흔들리며 핀다

사람 역시 흔들리면서 살아간다
뿌려지지 않으려면
흔들려야 한다
꺾이지 않으려면
휘어져야 한다

세상사
흔들리지 않은 나무 보았는가
바람에 흔들리며
뿌리를 보존하는 것이
생명 있는 삶이다

3부

허기진 골목

기억하지 말자

민들레 씨앗은
먼 곳에 뿌리내린다
기억하지 말자

기억 때문에
섭섭하다는 마음이 생기고
야속하다 말을 한다

망각이란 그 좋은 방법 두고
지난 일을 소화 시키지 못하고
되새김하며 속앓이를

망각이란 병 아닌
삶의 약이 된다
잊어버리자 기억하지 말자

아! 은백의 세계다

세상이
신기하리만치 동화의 나라가 되고 말았다
앙상한 가지는 없다
싸릿대 가느다란 가지에도
메마른 풀잎에도
하얀 눈꽃 옷을 입었다
언제
내 마음 저토록 아름다운 옷을 입어 보았을까
저 아름다운 눈매
저 순수
시리도록 아름답다
자연의 신비가 동화의 나라를 만들어 놓았다
나는 여기서 무엇을 찾을 것인가
숨죽이고 잠든
내 어머니 같은
숭고하리만치 고귀한 대지는 고요 속에 잠이 들었다
쉬쉬!
고귀한 순수를 깨우지 말자
다가설 수 없는 내 발걸음
이대로
이 자리에 눈사람이고 싶다

-태백산 정상에서 본 은백의 세상

당신은 누구십니까

그녀의 이름도 모른다
다만 꽃이 예뻐
사다 놓았다가 꽃이 지고 난 후
베란다 구석진 곳에 두었더니
혼자서 예쁜 꽃이 피었다

다시 거실에 들어다 놓으면서
쓴웃음 지워 본다
달면 삼키고 쓰면 뱉는다는 말이 생각나서

사람이나 식물이나
누가 보든 말든 자기 할 일 한다는 것
얼마나 아름다운 일인가
아직 배워야 할 일이 있다면
이 작은 화분을 보고 나를 뒤돌아본다

영리한 까치

쓰레기 모인 곳에
쌀 약 20㎏을 버려두었다 풀지도 않은 채
지구상에 굶어 죽는 사람이 있는데
천벌받겠다 싶어 짐승이라도 먹이자
하고 주차장에 갔다 두고
매일 아침 산책 가면서
조금씩 새들에게 먹이를 주었다
하루는 그냥 갔더니
까치가 졸졸 따라오더니 앞을 막는다
까치야 오늘은
먹이를 못 가져와서 미안해
하고 말을 하니 길을 막던
까지가 나무 위로 올라가면서
꽁지를 살랑살랑 흔든다
인사하는 것인가 보다
사람을 알아보는 영리한 까치

成住壞空(성주괴공)

악화가 양화를 구축(驅逐)한다
세상 일이 그렇다는 것
보라
강함은 짓밟고 약함은 짓밟히고
그래서 지렁이도 밟히면 꿈틀!
세상 진리란 제아무리 혹한 추위도 잠깐
봄이 오고 봄기운에
잎도 피고 꽃도 피고 꽃 진 자리 열매 달아
생명은 존재하는 것
이것이 진리이며
세상은 성 주 괴 공으로 돌아간다
힘자랑하지 말고
바르게 살자

손녀 입학 축하

빛과 소금이 되길
2019년 2월 마지막 날 경찰대 입학식
10일 동안 교육받고
정복 입은 늠름한 모습
일차 이차 삼차 관문을 통과한 입학생
남학생 90명 여학생 10명
그 중 여학생은 179 대 1
쟁쟁한 경쟁을 물리친 수재라는 총장님 말씀
나는 설레는 마음으로 두 손을 모았다
빛과 소금이 되어 달라고
우수한 학생으로 단상 위에
수상자로 선 모습이 눈이 부셨다
아들 S대 들어갈 때도 바쁘나는 핑계로
참석 못 했는데
살아오면서 이렇게 가슴 뿌듯한 일은 일찍이 없었다
참으로 자랑스럽다
조용히 기도했다 빛과 소금이 되어 달라고

진주라 천리 길

산 높고 골 깊어
물 맑고 아름다운 그런 고향이 있었지
봄이면 잎 피고 꽃 피고
장끼가 임 찾아 퀑퀑
작은 비비새 비비배배 비비배배
높은 소나무엔 앙증스러운 다람쥐가
가지 타기 즐기던
두메산골 내 고향
앞들엔 강물이 유유히 흐르든 곳
지리산 정기를 받아
꿈을 키우던 내 유년 시절
꿈에서도 그리는 고향 산천
넓은 들 대평
물 맑고 들 넓어 여름엔 원두막에
수박이 맛깔스럽던
내 고향
노랑나비 흰나비 동무 되어 같이 놀던 곳
내게도 그런 고향이 있었지

봄 잔디밭

햇살이 부드러운 얼굴로
잔디밭을 내려다보고
봄아 하고 부르니

잔디가 대답하기 전에
클로버가
먼저 눈인사한다

햇살이
너 거기서 뭐 하고 있니 하고 물으니
영역을 넓히려고
땅따먹기 하고 있단다

잔디밭 주인은 잔디인 줄 알았는데
주객이 전도된 봄 잔디밭
클로버가
잔디보다 앞서 봄놀이 즐긴다

나는

나는 아무 나가 아니다
그래서
아무렇게 생활할 수 없다
지금은 할머니 할머니기 이전에 어머니다
내 그늘에서 자식이 자랐다
자식을 보고
그 보모를 알라 했다
그 보모를 알면 그 자식을 알 수 있다
어머니는 일거수일투족이 조심스럽다
어머니는 어머니일 뿐
아무나가 아니다
비록 삶은 변변찮으나
정신은 최고의 가치를 가지고 있다 자부하면서
어느 곳에서나
부끄럽지 않는 사람이고 싶다
나는 아무나가 아니다
자식을 부끄럽지 않는 사람으로
사회에 내놓을 의무가 있는
이 땅의 어머니다

내 몸가짐을 어떻게 해야 하나

人生何處不相逢이니
讐怨을 莫結하라 路逢狹處면 難回避니라
(인생하처 불상봉이니
 수원을 막결하라 로봉협처면 나회피니라)

옛 성현의 말씀이 생각나는 하루
2019년 4월 28일
목사 안수식과 권사 임직 예배가 있는 날
뜻하지 않는 분을 만났다

넓은 줄만 알았던 세상이 이렇게 좁을 줄이야
페이스 북에 같이 글을 쓰는 분
공인은 그냥 공인이 아니다
삶이 얼마나 조심스러운가

원수를 만들지 마라
길 좁은 곳에 만나면
피하기 어려우니
옛 성형의 말씀에 새삼 머리 숙여진다

보리밭 사잇길

노란 씀바귀 꽃
하얀 냉이꽃이 고왔던 어린 시절
파란 꿈이 익어가고 있었다
흰나비 흰 꽃에
노랑나비 노란 꽃에

말로만 부르짖든 춘궁기
가난이 피부 속을 스며들던 봄
청 보리가 익기를 기다리다 못해
파란 보리를 쪄서 보리죽 먹던
꿈 많은 소녀가 있었다

무심히 흘러버린 세월의 강
꿈도 그 강물에 흘려버리고
지금은 인생 고지에 앉아
가난해도 가난이 뭔지 모르던 철없던 시절

그때가 추억이라고
추억은 아름답다 노래 부르며
타임머신을 타고
거닐어 보는 보리밭 사잇길

빛과 그림자

밤은 다음날을 준비하고
어둠은 빛을 준비한다
어둠을 원망하지 말자

빛은 희망의 길을 열어주고
어둠은
심신의 쉼을 준다

빛의 생동감
어둠의 고마움
이 모두가 신의 조화다

빛과 그림자
옛말에도 그랬지
양지가 음지 되고 음지가 양지 된다고

어둠이 영원 없고
빛 또한
영원 없다는 불변의 법칙

내일이 있는 삶

피할 수 없는 운명이라면 부딪히자
피하려고 애를 쓰면 쓸수록
비참해지는 법
안일하게 편하게 살려고 하면
삶이 더 힘들고 불행하다

세상이 변하기를 바라지 말고
내가 변하자
마음 문 열고 받아주는 자세
우리는 너무 이기적으로 살아왔다

부모는 자식을 이기는 것만 가르쳐왔다
지는 법을 알아야 절망하지 않는다
조금 힘들면 좌절하고 포기하고
처음부터 나약한 사람은 없다

포기하지 않는 자에겐 승리가 있다
사랑의 힘으로
더 강하게 더 튼튼하게
기도하는 마음으로 내일을 바라보자

감꽃 필 때

누가 오월을 계절의 여왕이라 했을까
계절의 여왕답게 온 국토가 꽃밭이다
이팝꽃이 탐스럽게 피었다

하얀 쌀밥 한 그릇이 명줄이던 시절
얼마나 하얀 쌀밥이 그리우면
꽃 이름을 이팝꽃이라 했을까

하얀 쌀밥에 파란 나물을 넣어
비벼 놓은 듯 이팝꽃 하얀 계절
지금 감꽃도 피었겠지

이때 아버지가 시집간 딸에게 가니
딸 하는 말 아버지 오시는 길에
감꽃을 못 보셨나요
감꽃 필 때가 목구멍에 풀칠하기 어려운 때

반가움 보다 밥 한 그릇이 걱정인 딸
우리는 참 가난하게 살았다
하얀 이팝꽃 피면
뼈아프게 가난한 그때가 생각난다

스승의 날에

제자를 사랑하고
스승을 존경하고
그런 시절이 있었나 싶다

經師는 많으나 人師가 귀한 요즘
군사부 일체 이 말이 무색할 정도
돈 때문에 부모를 죽이고
스승을 두들겨 패고
군을 뭐시기 거시기 하는 시대에 와 있다

사랑받을 짓을 했는지
존경받을 짓을 했는지
군은 군의 위치를 잘 지키는지
어지러워 뭐가 뭔지 알 수 없는 세상
동서남북을 모를 정도로 어지럽다

멀미나는 세상
오늘 하루만이라도
참 교육이 살아 숨 쉬는
스승을 존경하고 제자를 사랑하는 날이길
간절한 마음 담아본다

보통

한때 최고 통치자가
보통 사람이라 한 일이 생각난다
보통과 평범함이 얼마나 어려운지

평범한 가정에서 자라
평범하게 살아온 나
큰 욕심 부리지 않고

하루 삼시 세끼 밥 먹고
평범하게 무탈하게 사는 것
작은 일에 감사하며

가족끼리 서로 사랑하면서
넘침도 모자람도 없는
보통이 나는 참 좋더라!

허기진 골목길

발길 스쳐간 흔적이 어둠 속에서
안타까운 눈빛으로 세상을 본다
팽개치고 떠나버린 마음
서러워 뒹구는 아픔 들이다
미화원의 종소리 새벽을 흔들고
비릿한 하수구엔
질펀한 삶이 흘러내린다
물질 만능에 풀어진 나사 조각들
골목을 활보하던 빈자리
공병을 끌어안은 손이 차갑다
끙끙거리는 파지 리어카
노인의 가슴 언저리엔 바람이 시리고
전신주 허리마다
덕지덕지 껴입은 누더기
힘겨운 현실을 등에 업었다
서민의 등 굽은 삶이 즐비하게 널려 있는
행상의 매연이 누비던 허기지고 지친 골목길
아침 찬 이슬에 빗자루의 몸놀림
오늘도 골목엔 하루가 열린다

당신은 내 친구

타향에서 고향 사람 만난 듯
반가운 사람 바로 당신입니다
좋은 아침 한마디에 힘내시라고
안부를 전합니다

갈급한 마음
윤기 흐르는 마음 드리고 싶어
하얀 화선지에
예쁜 그림을 그려 봅니다

화폭에 내 마음 담기길 바라면서
건강한 정신으로
친구 되기 바랍니다
언제나 한결같은 당신은 내 친구

요양병원

퇴원할 때가 되어가니
병실을 서성이는 사람이 있다
퇴원하면 어디로 가느냐고 묻는다
집으로 간다고 하니 놀라는 기색

가족이 24시간 보호하는 사람은 없다
대부분 간병인
나이 드신 분 퇴원하면 다른 병원으로 간다
십중팔구 요양병원

사설 구급차를 불러 집으로 가자했더니
그들도 역시 놀라는 표정
요양병원 안 가느냐고 하며
환자는 가족이 보살펴야

우리 문화가
언제부터 이렇게 되었을까
거울을 보는 것 같아
왠지 마음이 서글퍼진다

입원실 풍경

20평이 될까 말까 한 6인 병실
환자용 침대 밑에 새우잠 잘 수 있는 간이용 침대
간호사 한 사람이 돌아 나가기 힘든 공간
환자는 연신 들며 날며
처음 들어올 땐 두세 개의 줄을 달고
곧 죽을 사람 같으나
며칠이 지나면 줄도 떨어지고 눈도 떨어지고
맞은편 환자와 대화도
같은 처지의 사람이라 보호자끼리 친숙해진다
한 사람이 입원하면 병실은 왁자지껄
따라오는 사람 면회 오는 사람
어쩌다 옷이라도 갈아입기 위해 집에 가려면
교통수단은 택시
입원하는 날 퇴원하는 날은 무료주차
장기 입원 보호자는 입원비 보다 비싼 주차비 무서워
자동차는 엄두도 못 낸다
입원 환자에게 큰돈 나오지 않을 정도면 퇴원해서
외래로 오란다
이것이 입원실 풍경이다 아프지 말아야 하는데
누가 아프고 싶어 아픈 사람 있나

응급실 풍경

바쁜 사람 있으니 길 좀 비켜 주시오
위용 위용 구급차
응급실에 도착하면 환자 보호자의
승인이 필요 없다
머리에서 발끝까지 찰각찰각
삼일에 피죽 한 그릇 못 먹은 듯
뼈에 가죽 옷 입힌 노인일지라도
한 대롱의 피를 뽑는다
줄 선 병원용 침대 사이사이
의자 하나에 보호자는 쪽 잠
아무리 다급한 사람이라도
잠을 못 자면 몽롱한 정신 꼬박꼬박
응급실 체류 시간 24시간
목숨을 담보한 사람에겐 법은 없다
더러는 외래 예약을 하고 돌아가는 사람
위급한 사람은 병실이 나오길 기다리며
몇 날이라도 시장바닥 같은 응급실
생명은 소중한 것
가끔은 돌아올 수 없는 길 가는 사람도
응급실 24시간은 쉬지 않고 줄이 이어진다

오늘이 6월 25일

1950년 6월 25일 새벽 4시 20분
그날은 일요일
온 국민이 자고 있을 때
탱크 소리 따발총 소리
잠결에 전 국토가 함락되었다
그때 유엔군이 아니었으면
지금 대한민국은 없다
그 당시 우리나라는 분명 이북보다 가난했다
난 아무것도 모르는 철부지
그러나 기억은 생생하다
직접 6·25 전쟁 피해를 당했으니
전쟁의 잿더미를 헤집고 보릿고개를 넘어
그 많은 내란 속에
잘 살아 보자고 얼마나 외쳤던가

유월이 아프다

피로 물든 낙동강
가슴이 아프다 너무 아프다
너는 아느냐
핏빛보다 붉은 아픈 역사를
아들의 전사 편지를 받고 한글을 몰라
아들 편지 왔다고
이리 뛰고 저리 뛰고
글 아는 사람 찾아다니던
홀어미의 말 못 할 사연
그 아들 영혼이 싸늘한 국립묘지 지하에서
통곡하는 소리
너는 들었느냐
그날의 그 몸부림
유월이면 귓전을 울리는 포성
유월이 아프다

아 아 잊으랴 어찌 우리 그날을

유월은 해마다 찾아오고 있다
유월 참 싱그럽다
유월이면 잊을 수 없는 기억들
가슴이 아프다 이 싱그러운 유월
그날은 밤마다 군화 발소리
논에 물 대로 가다 총 맞아 죽고
밭에 거름 지고 가다 총 맞아 죽고
이고 지고 피난가다 다발총에 맞아
떼죽음 당한 사람
생각만 해도 몸서리친다
어느 날 우리 집에 인민군이 들이닥쳤다
얼마나 무서웠던지
다행히 해코지는 않고 밥을 해 달라고 했다
사람 죽이는 일 보다 먹는 것이 인간의 본능
나무 아래서 밥을 기다리는 동안
비행기가 날아가니
그들은 비행기를 천 봉사라 하는 소리를 들었다
비행기 소리 쌕쌕
우리는 그 비행기를 쌕쌕이라고 했다
그 무더운 유월에 무서워 달달 떨던 기억
잊을 수 없다 유월이면
민족의 가슴에 피로 물들인 그 기억들
아 아 잊으랴 어찌 우리 그날을

화분 속에 핀 보리 꽃

서울 관악 구청 앞
아름드리 큰 화분에서
보리 꽃을 보았다

파란 보리가
누렇게 익어 주기를 기다리던
그 보리

요즘 아이들
저 보리를 알까만

목숨 같은 보리를
화분에서 보는 마음이
참 묘하다

−시작 노트 2004년 봄에

4부

천의무봉

빨치산

요즘 사람이 들으면 생소한
우리나라에 빨치산이 있나 싶을 소리
유월이면 이렇게 할 말이 많은지
까마득한 옛이야기 그러나 어제 같은 일
육이오 이후엔 밤마다 공비가 내려와서
양식을 약탈해 가고 소를 몰고 가는가 하면
마을에 내려와서 불도 지르고 사람도 잡아갔다
후퇴 때 미처 후퇴하지 못하고
깊은 산속에 숨어 살면서
양민을 괴롭히는 산적
사람이 많이 죽었다
방위대가 공비와 싸우다 총 맞아 죽고
직위가 높은 사람이면 밤에 내려와서
잡아간다 안 잡혀가려고 하면 죽인다
내 친구 아버지도 그때
지리산 호랑이 날 잡아가는데
내 뒤에 사람 없느냐고
소리치며 잡혀가다가 난도질당해 죽었다
상여가 가다가 시신 일부를 찾아 장례 치르기도
한동안 그 길을 무서워서 지나다니지 못했다
할 말이 많으나
어떻게 그 많은 사건들을 다 쓸까

아이는 무서워 울었다

그날의 기억을 잊을 수가 없다
총 맞아 신음하는 소리
사람 죽어 통곡하는 소리
대포 소리 따발총 소리
인민군이 무서웠고
세상이 무서웠다 끌려가고 두들겨 맞고
비행기 소리 들리면 무서워서 밖에 나가지 못했다
그때는
김일성 장군하고 소리 질러야 살아남는다고 했다
그날의 그 기억들을 잊을 수 없다
전쟁은 비참한 것
약소국이란 이름하에
구백삼십여 차례의 외침을 받아온 민족
그리고 내란
동족이 밀고 내려온
잔인무도 한 전쟁 6·25
다시는 이 땅에 전쟁이 없기를
두 손 모아 기도한다

대구 사수

6·25 당시 전 국토가 거의 함락되었지만
대구는 함락되지 않았다
대구를 사수하기 위해
얼마나 많은 군인들이 죽었는지
다부동 전투가 그렇고
안강전투가 치열했다
내 고향 진주는 연일 폭격을 해서 불바다가 되어
인민군은 진주 시내에 들어가지 못하고
변두리 시골에 주둔하고 있었다
치열한 전투 속에 살아남은 한 여인이
바람 따라 물길 따라 대구에 정착하게 되면서
향군 여성회 회원으로 유월이면
다부동 전적비 칠곡 전적비 안강 전적비를 찾아
비석을 닦고 잡풀을 베면서
나라 위해 순직한 영령을 추모하고 반공 교육도 받았다
아픈 역사 속에 살아온 난 하고 싶은 말이 많아
유월이면 지난 세월을 엮어 본다

통곡 소리

6·25 때 마을은 온통 통곡 소리
그 당시 군에 가면 총알받이
군 입대한다고 트럭에 실려 가면
남은 가족은 초상집 분위기
삼 일이 멀다고 날아오는 전사 편지
마을은 통곡 떨어지는 날이 없었다
아이들은 배만 불룩
먹은 것도 없는데 배는 왜 그렇게 불룩한지
아이들 머리에는
기계독이란 부스럼이 나서
파리가 와글와글
그 와중에 학질
그 더운 여름날 볕에 쪼그리고 앉자
와들와들 떠는 병
아프리카 아이들을 보면 그때가 생각난다

십일 폭동

1946년 어린 눈에 본 생생한 기억
좌파 세력이 대구를 시작해서
남한 전 지역에 일어난 사건이 십일 폭동이다
토정비결 36괘 중
주줄이 상괘라 했다
달아나야 살았으니
잡히면 다 죽었다
우리 바로 앞집 이름을 잘 못 알고 들어 닥친 폭도들
인정사정없이 다 두들겨 부수는 것을 어린 눈으로 보았다
마침 사람이 없어 죽지는 않았지만
그 큰 장독대야 작살난 세간살이
잘못 알고 찾아와도 그것으로 끝
무법천지니까
난 일제 말기에 태어나서 해방을 맞으면서
보리밭에 엎드려
입 벌리고 눈 감고 귀 막으란 반공 훈련도 해 보았다
못 볼 것도 많이 보고 살아왔다
사상과 이념이 그렇게 무서운 것도
이 땅에 강 같은 평화가
이어 흐르길 간절한 마음으로

책임

내 삶이 작을지라도
허투루 생각지 말고 소중히 여기며
갈고 다듬고
찬란한 빛이 되도록
조금도 게을리 하지 않을 것이다

지금껏 그랬듯
손가락 마디마디 지문을 지우면서
주어진 삶의 의무를 알고
존재의 가치를 알고
초침 소리 귀중함을 알고

내 우주가 끝나는 그날까지
내 책임이
무엇인지 생각하리라

이래도 되나요?

부질없다는 것을 알기까지
수없이 많은 물을 흘려보냈다

식구들 옷 씻은 땟물
설거지 한 구정 물
몸과 마음 씻은
더러운 물만 내려보냈다

그런데도 강물은
한마디 원망하지 않는다
비록 사람은 욕심 때문에
부질없는 짓을 하고 있다

부귀도 영화도 모두가 부질없는 것
그것을 알면서
난 또 부질없는 짓을 하고 있다
내가 하고 있는 일들 모두 부질없는 것

사랑이란

우물을 파는 것
갈증 나면
시원한 물 한 바가지로
정을 나누는
쉼 없이 솟아나는 사랑의 우물

바가지를 우물에 띄워 놓고
다소곳이 들여다보며
떠가는 구름 헹굼질 하고
퍼내고 퍼내도
마르지 않는 사랑

모두가 마시고 곱절로 나누어도
언제나 한결같은
마음 깊숙이
사랑이 넘치는 우물을 파는 것

내 마음 어디로

내 안에 길을 내고
마음의 통로를 찾는다
그리움은 가슴 깊이 스며드는데
바람은 산들바람
그리움을 달빛에 적시며
창가에 서서
누군가 사무치게 보고픈
내 마음
달아 넌 걸림 없이 잘도 가는데
그리움에 얽혀버린 이 마음
너는 아느냐
달아 나와 동행해 주렴
하늘 끝
사랑이 머무는 곳으로

동행자

마음과 마음이 나란히
앞서지도 뒤서지도
평행선으로

내 손 잡아주기 전에
따스한 손길로
그대 시린 마음 어루만지며

바람 불면 병풍 되고
비 내리면 우산 되고
눈 내리는 날이면 싸리비 되어

미끄러운 눈길 쓸어가며
멀고도 험한 길 같이 가는
너와 난 동행자

알아야 면장을 하지

무식한 사람은 빗대
알아야 면장을 하지 이런 말을 한다
면장이라면
읍 면사무소 면장이 아닌
눈앞에 벽을 면한다는 말
앞에 벽이 막혀 있으면 얼마나 답답할까
요즘 보면 숨통 막히도록 무식한 사람이 있다
서민이야 못 배워서 무식하다 하지만
배울 만큼 배우고
제대로 갖춘 사람이
면장을 못한 사람이 있다
무엇이 문제일까
너무 잘나가서 너무 잘 배워서
그래서
50보 笑 백 보라 했다

길은 멀어도

좌초된 시대의 배를 타고
난 가난하게 살아왔다
그러나 굴하지는 않았다

당당하게 열심히
하늘을 우러러 한 점 부끄러움 없이
누구보다
난 나를 믿었다

가끔 나를 칭찬할 때도 있다
참 대단 한 사람
어떻게 넘어왔을까
저 높고 험한 고개를

허허벌판 요 철길 지나
오늘에 이르렀다
가로수 포기마다
세월의 무게를 저울질하며

역사가 변하고 있다

세상에 믿을 놈 한 놈도 없다
천 년 보석처럼
변하지 않는 것이 역사인 줄 알았다

역사 교과서를 새로 쓰는 세상
자기 입맛에 안 맞으면
시대의 증인이 두 눈 뜨고 살아 있는데

역사를 마음대로 고치는 세상
참으로 무섭다
차라리 역사를 버려라 왜곡 시키지 말고

사상이 다르고 이념이 다를지라도
역사는 바르게
후손 바보 만들지 말고

살구꽃 향기

복사꽃 살구꽃 피는 내 고향
어릴 적 불러 보던 추억의 노래가 아니어도
팔공산 자락 살구꽃 피는 마을에서
살구를 보내왔다

곰삭은 마음이 속살 채워
맛이 노랗게 잘 익었다
꽃피워 다진 사랑
감칠맛 풍기는 향기
시린 가슴 데워 오늘이 따뜻하다

감사한 마음
곱절로 담아
노트 한 페이지에 사랑으로 담아 본다

노인은 역사 책

허리 굽고 머리털 희고 이 빠지고
쭈글쭈글 한
볼 폼 없는 늙은이지만
가슴에 태산 같은
역사 책 한 권씩 들어있다
마을 수호신
늙은 정자가 있는 곳에 가서
노장을 찾아 물어보면
그 마을 전설과 역사를 제대로 알 수 있다
웃지 말거라
저 쭈글쭈글한 얼굴
우리의 역사책
후미진 곳에 등 굽은 노인을 찾아
입을 열게 하라
주름살 줄줄이
역사가 흘러나올 것이다

나팔꽃 사랑

줄 따라
길 따라 올라가며
사랑을 속삭이는
나팔꽃

아침 햇살 받아 나팔을 분다
사랑합니다
축복합니다
감사합니다

오늘이란 이 큰 선물 더없이 감사합니다
하나 피면
하나 지는
질서는 아름다운 축복입니다
나팔꽃 사랑

추억의 소리

바람 쌩쌩 부는 밤
멀리서 들리는 소리
찹쌀떡~~
찹쌀떡~~
눈발은 날리는데
저 애절한 소리
멀리 사라져가는 고달픔
찹쌀떡~~
찹쌀떡~~
그 애절한 소리 들으며
책가방 들고 밤길 걷던 그런 날이 있어
오늘이 있다

도둑맞은 세월

작은 시골 마을 곱슬머리에 눈이 큰
키 작은 아이
무심코 걸어온 길에
세월을 도둑맞고 말았다

높은 산엔
흰 눈이 내리는데
세월을 훔쳐 간
얄미운 도둑

잡지 못한다 해도
난 아직
가야 할 길이 있다
도둑맞은 세월을 찾아

나 이제는 말하리라

이 소리는 아무나 할 수 있는 말은 아니다
세상에서 제일 무거운 것이 뭐냐고 물으면
눈꺼풀이라고
잠 오면 잠자고 배고프면 밥 먹으면 된다는 말
가장 평범한 것 같으나
그것이 어려운 사람이 있었다
잠이 소나기처럼 퍼부어도
잠잘 수 없는 형편이면 눈을 비비고
살을 꼬집으면서 살아온 지난날
허리띠를 졸라 맨다는 말
배고픈 시기를 넘겨보지 않은 사람은
이해할 수 없는 말
일제 치하 36년 해방 후 채 정신 차리기 전에
육이오 전쟁
허허벌판 잿더미를 헤집고
보릿고개를 넘어 보지 않고는
말할 수 없는 이 말
이제는 말할 수 있다
손가락 마디마디 굳은살을 만들면서
씹고 버리는 껌 하나 사서 씹지 않고 살아온 나
이제는 말하리라

형설지공

주경야독 말은 싫다
낮에 땀 흘리고 남들이 자는 밤에
반딧불이 빛이 아니어도 책가방 들고
밤거리로 나가는 마음
독종이 아니면 어림도 없는 일
남들이 자고 있는 깊은 밤
전기가 들어오지 않아
정원 외 등 아래 하루살이 모기에게
내 살을 주면서 시간 가는 줄 모르고
밤이슬에 책장을 적시던
주경야독
그런 시간에 있었기에
나 지금 이 글을 쓸 수 있다
하루 일과를 마치고
고단한 수업 시간
눈꺼풀이 얼마나 무거운지
자더라도 눈은 뜨고 자라는
웃지 못 할 소리 들으면서 보낸 시간
이제는 말할 수 있다

7080 세대

소싯적엔 부모 공경하고
아래로는
자식에게 오매불망
자식의 자식까지 가슴에 안고

무거운 어깨 두드리며
온몸이 부셔 저라 일만 하면서
나는 괜찮아
하는 그 세대가 7080 세대다

이제는 쉬엄쉬엄 쉬어가자
아프면 아프다
엄살도 부리고
슬프면 슬프다 눈물도 흘리고

즐거울 땐 마음껏
즐거워하며 콧노래도 불러보고
서산마루 노을빛이 찬란하다
감탄사도 아끼지 말고

단풍아

피멍 들어 가슴 타는
널 보고 좋아해서
미안해

떨어지는 네 아픔을 보고
기뻐해서
미안해

미안해
미안해
남의 속도 모르고 감격해서
정말 미안해

꽃 중의 꽃

천지간 만물 중에 유인이 최귀하니
사시절 피는 꽃을 꽃이라 부르는데
진정코 꽃 중의 꽃은 인 꽃인가 하노라

결은 부드러워야

바람결이 억세면
태풍이 되고

물결이 억세면
파도가 되며

마음결이 억세면
폭군이 된다

결이란 결은 부드러워야
비단결같이

마음결이 부드러우면
언제 어디서나
사랑받는 사람이 된다

능소화

떨어진 꽃이라
밟지 마셔요

시들지 않고
떨어진 사연을 당신은 아시나요

피지도 않고
떨어진 아픈 이 마음
임 기다리다 흘린 눈물이래요

떨어진 꽃이라
밟지 마셔요

천의무봉

천의무봉 맞춤복을 입으려면
하늘이 내린 축복이 있어야
천사의 옷엔
박음질 자국이 없다

시를 짓기란
씨줄 날줄 없이
베를 짜야 하는
직녀가 아니던가

난 직녀가 되고 싶어
까만 하늘에
별을 찾아 헤맨다

나무들의 이야기

곱게 물든 빨간 단풍나무
은행나무를 보고
은행나무야 네 노란 옷이 참 곱구나
아니야,
네 옷이 더 곱고 예뻐
그러면 우리 서로 바꿔 입을까
그래 그러자
바람 쌩쌩 부는 어느 날
둘은 서로 옷을 벗었다
그러나 이 일을 어째 나신(裸身)이 된 두 나무
곁에 있던 사철 푸른 소나무가
빙그레 웃으면서
그러기에 뭐랬어. 욕심부리지 말랬지
족함을 알아야지